KÜSSE & SCHÜSSE
Verliebt in einen Yakuza

Inhalt

Schuss
01

Hallo zusammen!

Vielen Dank, dass ihr
diesen Manga lest!

Ich wünsche euch viel Spaß mit der
etwas tollpatschigen, aber leidenschaft-
lichen Liebe der beiden!

Nozomi Mino

Grapp
Ich such nach was Ernstem!
Fass mich nich an, du Mistkerl!
Was zum ...?!
Ähm?
Yuri?
Auf den anderen Etagen waren auch nur Ekelpakete!
Fwupp
Wenn du mit uns abhängst, wirst du davon profitieren.
Echt das Letzte, dass der Gastgeber auch eins ist! Hauen wir ab!

8

9

10

Klirr

Ahh

Ungh

Die Drogen sind alle da drin.

Legt euch nicht mit mir an!

Swt

Die Dame hat echt Mumm in den Knochen!

»Noch einen Schritt näher und es hagelt was!«

Um den verantwortlichen Gastgeber kümmere ich mich danach.

Hiih

Brich die Tür auf!

Die sind bestimmt vollgedröhnt und bewaffnet.

Und die unfreiwilligen Gäste wehren sich.

Bomm

ドーン

ドーン

Bomm

Kck
Kck

Ich bin der Erbe des Oya-Clans.

Was soll'n das?

Ent-schuldigt die Stö-rung!

Verbeug

コリ…

Ge-
statten,
Toshiomi
Oya.

Bist du verletzt?

Äh?

N...

Nein.

16

... dass er wie ein Gentleman wirkte, als er mir seinen Mantel gab?

»Ich hoffe, ihr verliert trotzdem nicht den Glauben an die wahre Liebe.«

In der Situation so etwas zu uns zu sagen ...

Fandest du nicht auch ...

Ich hasse zwar lernen, aber nach der Sache bin ich ganz froh über meinen spießigen Uni-Alltag.

Was für ein mysteriöser Typ!

Da weiß man nicht, ob er ein Held oder Bösewicht ist. Muss man Angst vor ihm haben oder nicht?

Hier! Er ist so gefährlich, dass allein seine Visitenkarte als Schutzschild ausreicht!

Das war nur ein Gedanke!

Was redest du da?

Schwupp

Jetzt echt?

Hat er dir etwa den Kopf verdreht?

... eines Yakuza aufzuheben oder ihn wegzuschmeißen, ist auch riskant.

Ich verstehe sie, aber den Mantel ...

Ich bin ihm dankbar, aber will nichts mehr mit ihm zu tun haben.«

»Er sagte doch, du müsstest ihm den Mantel nicht zurückgeben, oder, Yuri?

Es müsste hier sein.

Außerdem ist es unhöflich, sich nicht zu bedanken. Dann gehe ich eben allein.

Ngh

Aber wie soll ich näher rankommen?

Willkommen zurück, Herr!

Ich bin wohl richtig.

Ich danke euch.

Zuck

Ähm

Ah!

G... Guten Tag.

H... Herr Oya.

Fwaah

So sehen wir uns wieder, meine Dame.

... schlug mein Herz so wild, dass ich dachte, es springt gleich hinaus.

Hah

Er ist so gefährlich, dass allein seine Visitenkarte Schutz bietet.

Er ist ein Yakuza.

Ich darf das nicht!

Ich bin zwar durch den Wind, weil er mir geschmeichelt hat, aber ...

W...

Wa...

Ich darf mich nicht mitreißen lassen!

Ich weiß nicht, was ich sagen soll.

Ähm ...

Wo ist der Schütze?

Oya hat mich ...

Gripp

Ich habe eine Vermutung, wer es gewesen sein könnte.

Dass er so ruhig bleiben kann?

Beim nächsten Mal kriegen wir ihn.

Der ist leider entwischt. Es war ein Fernschuss.

Stimmt

Wir werden noch heute einen Vergeltungsschlag vornehmen.

··· das ist die Welt, in der Oya lebt.

Bist du immer noch in deiner Traumblase?

Ah, tut mir leid!

Ah

...ri!

Yuri!

Seitdem ...

Kohl-
roulade

Hallo,
Lieb-
ling!

Was
gibt's zu
essen?

Bin
wie-
der
da!

Yo,
Yuri!

Und auch
ich habe ihn
nicht ange-
rufen.

...
hat er sich
kein einziges
Mal bei mir
gemeldet.

Hab ich
nicht, ihr
Nerven-
sägen!

ヒソ
ヒソ

ヒソ

Pft

Hwui

Pft

Hwui

Hast
'nen
Typ?

ヒソ
ヒソ

Pft

Hwui

Mum sagt,
dass du ei-
nen Marken-
Mantel in der
Uni getragen
hast.

Hey!

Hm?

Krnk

Ich will
mich nicht
in Gefahr
bringen.

Außerdem
muss ich an
meine Familie
denken.

Hey,
geht's
dir nicht
gut?

Platz
da.

Ru-
he!

36

Bwrrt

Wapp

Diese
Grenze
darf ich
...

... auf kei-
nen Fall
übertre-
ten.

38

O...

Hiiiih ヒリッ/ヒッ

Okay.

Du bist
auch im
Pyjama
nied-
lich.

Herr
Oya,
sie ist
hier.

40

Doch im Hier und Jetzt will ich mit dir vereint sein.

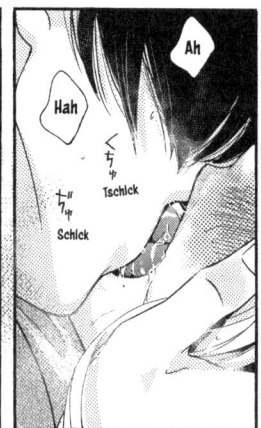

Vielleicht ergibt sich nie wieder so eine Gelegenheit. Wollen wir es nicht hemmungslos miteinander tun?

Schuss
02

Macht
mich der
Gedanke
...

...
an Angst
und Gefahr
etwa heiß?

Starr

Hah

Kriegst
du kalte
Füße?

»Das
weiß ich
doch.

»Ich bin nur
hier, weil du
mich sehen
wolltest. Das
ist alles.«

Ich
habe es
dir doch
unterm
Kirsch-
baum
gesagt.

Ähm
...

Du kannst
jederzeit
gehen.«

Ich
zwing
dich zu
nichts.

Ich konnte
nicht anders.
Du hast mich
komplett in
deinen Bann
gezogen.

SWP

Ach ja?

Das sieht man dir aber nicht an.

Ha ha

In meinem Alter besitzt man Selbstbeherrschung.

Auch wenn es mir peinlich ist, lasse ich es mir nicht anmerken.

Ich lass dich nach Hause bringen.

Er hat bemerkt, dass ich nicht da bin.

Mein Bruder ...

Ich wollte dir den Manga zurückgeben. Wo bist du? Im Convenience Store?

Wenn meine Familie ihn sieht, könnte es Ärger geben.

Stimmt.

Das ist lieb.

Nur bis in die Nähe, keine Sorge.

Aber ich will noch bleiben.

Muss ich wieder in meine Welt zurückkehren?

Ich fühl mich mies.

... weil ich mich nach ihm sehne, ihn aber nicht einfach treffen kann.

Gut, dass sie nicht bemerkt haben, dass ich traurig bin.

Das kann plötzlich wie Heuschnupfen auftreten.

Die Regenzeit ist furchtbar. Ich hab ständig Migräne!

Ich bin ganz zerrissen.

Ich sehne mich nach Oya, aber ich bin noch nicht bereit für eine Beziehung mit ihm.

Ich auch.

Du bist wetterfühlig, Yuri? Seit wann?

Quiiieee

...
total blo-
ckiert.

Ich war
gerade auf
dem Weg
zu dir.

Platsch

Verzeih
mir, dass
ich nicht
rangegan-
gen bin,
Yuri.

Er ist es. In
Fleisch und Blut.
Und nicht nur
sein Name im
Handy.

Ich bin wieder da, Yuri.

Es tut weh, wenn ich mit ihm zusammen bin.

Aber dieser bittersüße Schmerz zeigt ...

... wie sehr ich ihn liebe.

Oya.

Ich will deine Geliebte werden.

70

Was?

Ich werde
dich dafür
ordentlich
entschädi-
gen.

Oya?

Unsere
Sachen
...

Ähm
...

Gwapp

Ngh

Ah

Ah

Fwsch

74

Diese Verwegenheit ...

... bist du wieder hier.

... macht mich unglaublich heiß.

Schon beim letzten Mal hätte ich dich am liebsten nicht gehen lassen.

»Ich will deine Geliebte werden.«

Denn ...

Klipp

Sie sol-
len dich an
mich erin-
nern, wenn
wir nicht zu-
sammen
sind.

Swt

Und
sie haben
noch eine
weitere
Bedeu-
tung.

Sie sind
der Beweis,
dass du mei-
ne Geliebte
bist.

So wert-
volle Ohr-
ringe hatte
ich noch
nie.

Damit
sind auch
deine Ohr-
löcher
mein.

84

Danke. Du kannst dich zurückziehen.

Mein Herr!

Ich habe Ihnen das Gewünschte gebracht.

Ich sagte doch, dass ich dir eine Entschädigung für deine Kleidung geben möchte.

Was das wohl ist?

Komm, Yuri.

Uwah! Bitte hör auf damit, das ist mir unangenehm.

Ach so? Dabei ist das nur der Anfang.

Oya, du gibst viel zu viel Geld aus!

Reicht dir das?

Ein Set nehm ich mir, aber nur, weil ich nichts zum Anziehen habe.

Schuss
03

Ein besonderer Dank geht an:

🌸 Euch Leser
🌸 Die Redaktion von *Cheese!*
🌸 Meinen Redakteur Morihara
🌸 Sato vom Bay Bridge Studio für
das Coverdesign
🌸 Alle Mitwirkenden im Druckbereich
🌸 Meine Assistenten:
Ishida, Ishikura, Toyonaga, Saito
🌸 Alle, die an der Realisierung von
Küsse & Schüsse mitgewirkt haben
🌸 Meine Familie, meine Freunde,
und meine Katze
🌸 Rockmusik, Zigaretten, Kaffee,
Yukimi Daifuku* und Hojicha**

* Süßer Reiskuchen gefüllt mit Vanilleeis. ** Japanischer gerösteter Grüntee.

92

Meinen
heimlichen
Geliebten.

Yuri, ich liebe dich.
Ich dich auch.
Ich liebe dich, Oya.
So sehr.
Yuri. Ich könnte für immer so weiterma-chen.
Yuri.
Yuri ...

Du
liebes
biss-
chen!

»Von nun
an werde
ich jede ein-
zelne Faser
...

...
deines Kör-
pers in den
Wahnsinn
treiben.«

Ich
dreh noch
durch.

Gestern
Abend war der
Wahnsinn.

Uwah!

Hab
ich etwa
während des
Traumes ...?!
Ich Schwein-
chen!

Das
passiert
anderen
...

...
doch
auch?

FLOPP

Ich such einen Neben-job mit guter Bezahlung.

Im echten Leben bin ich anstandig!

Nebenjob
Herold

Echt? Meinst du nicht eher deinen Freund?

Nö!

Grins

Grins

Ja, ich will meinen Papa über-raschen.

Nebenjob

Hm? Für ein Ge-schenk?

Zuck

Aber ohne Stress.

In den nächsten zwei Monaten will ich ranklotzen, ohne dass mein Studium darunter leidet.

Nein, von mei-nem Pa-pa.

Funkel

Funkel

Die Ohr-ringe sehen teuer aus. Sind die von deinem Liebsten?
♪

Oya meinte, er wolle kein Geschenk, aber das kann ich nicht akzeptieren.

Deshalb will ich ihm im Gegenzug auch etwas schenken.

Ich habe mich sehr gefreut.

Gehilfin in einem erstklassigen Nachtklub. ♥

Wirklich? Was denn für einen?

Wapp

Ich hätte einen guten Job!

Nimm es einfach an. ♪ Aber dafür bist du zu pflichtbewusst.

100

Katsching カ‼ タ ー ー

Uwah!

Jetzt echt?!

Äh?

Wie fies →

Kriegst du das hin? Die feuern dich bestimmt.

Erschreck mich nicht!

Ist das was für dich? Für den Lohn musst du viel schuften.

... könnte ich ihm was Tolleres schenken.

Damit...

102

Danke für Ihren Besuch.

Stellst du mich ih nen vor? Bitte!

Ich heiße Saku- ra.*

* Oyas Name beinhaltet das Schriftzeichen für Kirschblüte, das auch »Sakura« gelesen werden kann.

Dürften wir dieses Mädchen buchen?

Kann man sie nicht anfragen?

Sie ist nur Gehilfin?

Mit ihr hat man sicher viel Spaß.

Wie? Ein Ansturm?

Du bringst Kohle, das weiß ich. Hier, deine Visitenkarten!

Willst du ab heute nicht als Hostess hier arbeiten?

Was für ein Ansturm! Es hagelt Visitenkarten und Anfragen für dich!

Hah

Dann kann ich ihm was echt Teures schenken!

Ähm ...!

Als Hostess verdienst du das Achtfache.

105

... ich muss ablehnen.

... Dank für dieses tolle Angebot, aber ...

Vie-len ...

Nicht, dass ich Oya am Ende noch weniger sehen kann.

Ver-ehrte Besitzerin!

Tapp Tapp

Ja, aber ich ...

Hier, die Visiten-karten.

Du hast noch zu tun. Wir reden später weiter.

Sie hat 'nen Typ.

Ah!

Schau nicht so!

Herr Oya
beehrt uns
heute.

Murmel

Äh?!

Wieso will er die Neue?

Echt?

Sie wird Sie sofort zu Ihrem Platz geleiten.

Aber ich bin doch nur Gehilfin.

Gwitt

Heute kümmerst du dich nur um die Bewirtung von Herrn Oya.

Sakura.

Nur?!

Ich freue mich, dass du dich meiner annehmen wirst, Sakura.

114

Ich dachte, du wärst nett! Ich pack's nicht!

Ich hab es voll verbockt! Argh!

Diese fiese Seite kannte ich an dir noch gar nicht.

Du wärst eine Bereicherung für unseren Klub.

Hören Sie auf.

Das nicht ...

... das sonst immer toll.

Bringt dich Herrn Oyas Antlitz aus der Fassung? Dabei machst du ...

Die vielen Visitenkarten unserer verehrten Gäste! ♥

Komm, zeig Herrn Oya deine Erfolge.

Meine Erfolge?

Das Geld, das die Männer für Sakura bezahlen würden ...

... über- nehme ich.

Sollten diese Männer nach- fragen, richten Sie ihnen Fol- gendes aus:

Oya ...

Was hat das zu be- deuten?

... hier mit dem Arbeiten anzufangen ...

Ähm, Oya. Es war mein Fehler ...

... aber, ähm ...

Wir lassen gerade Ihren Wagen holen.

BRAND NEW DAY

Wann ist der nächste Auftrag?

Dann sag dem Fahrer, dass wir sie nach Hause bringen.

In ungefähr einer Stunde.

Mach dir deshalb keine Sorgen.

Was soll ich sagen?

Das Geld ...

Ich hab ihm Probleme bei der Arbeit bereitet.

122

129

FWPP

Fwuiiii

Wenn ich dich küsse und dein Gesicht nicht sehe, dann ...

Slk

Ah

Tschk

Poof

Hah

Slk

...
**mach
ich alles.**

Darum
muss
ich
...

Bitte
...

... dass
dich andere
Männer im
Arm halten,
macht mich
sauer.

Allein
der Ge-
danke
...

Mit
Oya
...

... verzeih
mir!

...
so was
nicht.

Sag
...

...
könnte
es stets
das letzte
Mal sein.

Es tut
mir leid,
Oya!

132

...
sondern
auch mein
Geist erlebt
mit dir Hö-
henflüge.

136

Danke.

Wir sind angekommen, mein Herr.

Ich hoffe, wir sehen uns bald wieder, Yuri.

Ob sie sich wohl freuen wird?

Schuss
04

»Würdest
du dir eine
Woche für
mich frei-
halten?«

Bald werde
ich ganz viel
Zeit mit Oya
verbringen
können.

147

Küss
ちゅ

Zu Befehl, meine Prinzessin.

Yuri, willst du nicht die Aussicht genießen?

Mach dich auf was gefasst, Oya!

Haaaach

スー Fwsst
スー
ゴロゴロ Rrrr
Rrrr

Das mache ich später.

Jetzt genieße ich erst einmal, dass ich mich an dich kuscheln kann.

Die erste Klasse ist spitze!

Ich dachte, ich würde mich nur an deinen Arm klammern können.

Es liegt alles bereit. Zeit, uns im Zweithaus umzuziehen.

Hä?

Und? Wie seh ich aus?

Er besitzt also nicht nur die gigantische Villa in Tokio.

はー WOOOW

Yuri, ich bin fertig.

Ping

Mach ich! ♡

Geht es wieder? Zieh dich auch um, Yuri.

Grins ♡

Rrrr コゴ"コ"ゴ"Rrrr ♡

Rrrr
コゴ"コ
Einroll
Kuschel-modus AN!

Un-glaublich cool! ♡

Aber ist dir nicht heiß?

Swrl

... ganz schwach, Oya.

Ich bin noch ...

Swrl

Nein, das ist ein Sommer-gewand.

Soll ich euch da-mit 'n Kopp einschla-gen?

Fchh

Hi hi

Hilf mir beim Um-ziehen!

Miaaau

Ein Glück!

Ha ha ha Wie süß du doch bist, Kätzchen.

Dieses Lachen hab ich ewig nicht mehr gesehen!

... sondern auch unser erstes Date.

Fällt dir was auf, Yuri?

Mi?!

Das ist nicht nur unser erster Urlaub ...

Was willst du zum Mittag?

Kicher Grins

Miau! Miau!

Was von den Street-Food-Ständen. Miau ♥

156

Also will ihn auch niemand erschießen.

Hier im Ausland kennt ihn niemand.

Peng

... völlig unbeschwert genießen.

Wir können unsere gemeinsame Zeit ...

Los, kommt mit aufs Bild.

Wie wäre es mit einem Erinnerungsfoto mit den zwei Untergebenen?

Sehr wohl. Wie Sie wünschen, mein Herr!

Klack

Unter-
schätzen
Sie die russi-
sche Ma-
fia nicht!

Badumm

Nicht
mal ...

Badumm

Sie
wollen
Ihr Date
doch nicht
in der Hölle
verbrin-
gen?

...im
Ausland
sind wir
sicher.

Seien
Sie schön
artig und
kommen
Sie mit!

Badumm

Er hat
die be-
waffneten
Mafiosi
...

... einfach
fortge-
jagt.

Der
Verband
ist über-
trieben.

Ich bin
selbst schuld,
weil ich ihn an-
gegriffen
habe.

Nein,
gar nicht.
Es hat auch
beim Baden
nicht weh-
getan.

Wirk-
lich?

Tut's
noch
weh?

Ja, glaube mir.

... ganz sicher?

Bist du ...

Keiner in der Unterwelt würde es wagen ...

... meinen Zorn auf sich zu ziehen.

169

Nicht nur in Japan ...

... sondern auch im Ausland ...

... wird er von allen gefürchtet.

Du wurdest wegen mir verletzt.

Sie sind sofort abgehauen, als er wütend wurde.

Ach was.

Tut mir leid.

Ich muss im Alltag mehr Autorität ausstrahlen.

Wenn sie sehen, wie liebevoll ich mit dir umgehe, werden die Kerle ziemlich frech.

Entschuldige dich doch nicht!

Ich war heute bestimmt total kindisch und eine Nervensäge, oder?

Und ich ...

Du bist unglaublich.

Sagst du das nicht nur aus Nettigkeit?

Wirklich?

Nein, ich fand es toll.

?

Ich bin nicht die Hellste ...

... aber wenn du es klar und deutlich sagst, kapier ich's.

J... Ja!

Gut, dann rede ich Klartext.

Sst

Genau!

Was bist du für mich?

Die Ge-lieb-te?

Du bist
die Einzige,
die alles mit
mir machen
darf.

Sei so,
wie du
bist.

Badumm

Ich
allein
...

177

Sogar hier im Ausland fürchten sie ihn.

Dennoch ist sein Leben in Gefahr.

Aber gleichzeitig ...

... bin ich verdammt verunsichert.

Auf all das war ich gefasst, als ich beschloss seine Geliebte zu werden.

Na komm!
v

»Ich will dich nicht loslassen.«

Ich will nicht, dass er mein schwaches Ich sieht.

Ah

Lieber zeige ich ihm ...

... die Yuri, die anschmiegsam wie eine Katze, aber trotzdem dominant ist.

»Hast du eine Ahnung, wessen Geliebte du gerade verletzt hast?«

Deine wütende Seite macht mir Angst.

Danke, Oya!

Aber es war cool, wie du dich um mich gesorgt hast.

Hah

Ah

Oya!

Boss! Ich denke, wir legen uns besser nicht mit Gospodin Oya an.

Zu euch hat er gesagt, dass ihr nicht mehr dazwischenfunken sollt, nicht zu mir.

Ich lasse nicht zu, dass jemand unser Glück stört.

Wer hätte gedacht ...

... dass er in so eine dürre Lady vernarrt ist.

Ha ha ha
Sorry, mein Fehler.

Ich hab vergessen, dass ich ihn rausgelassen habe.

uwaah!

Groaaar

Tapp Tapp

Ha ha ha
Egal wie oft ich es mir auch ansehe, es ist einfach zu komisch, wie sie in dem Aufzug gemütlich die Buden abklappern.

Küsse & Schüsse 1 *Ende *

Toshiomi Oyas Erholungspause – Hinter den Kulissen

Toshiomi Oyas Erholungspause – Hinter den Kulissen ✳ Ende ✳

Miaaaaaaaaaaau

Alle zusammen!

Hallo!

Todernst
(kann nicht lächeln)

Über Nozomi Mino

● Geboren am 12. Februar (Wasser-
mann). Blutgruppe B. Kommt aus Himeji
(Präfektur Hyogo). Macht gerne Spritz-
touren mit dem Auto und geht in Cafés.
● Erstlingswerk *O Manten* (erschien
im Mai 2006 im *Cheese!*-Magazin)
● Hat eine aktuell laufende Serie bei
Cheese!

Autorengruß

Ich arbeite hauptsächlich an *Küsse
& Schüsse*, das alle zwei Monate im
Premier-Cheese!-Magazin erscheint.
Daneben zeichne ich auch Kurzge-
schichten. Vielen Dank, dass ihr
meine Manga lest!

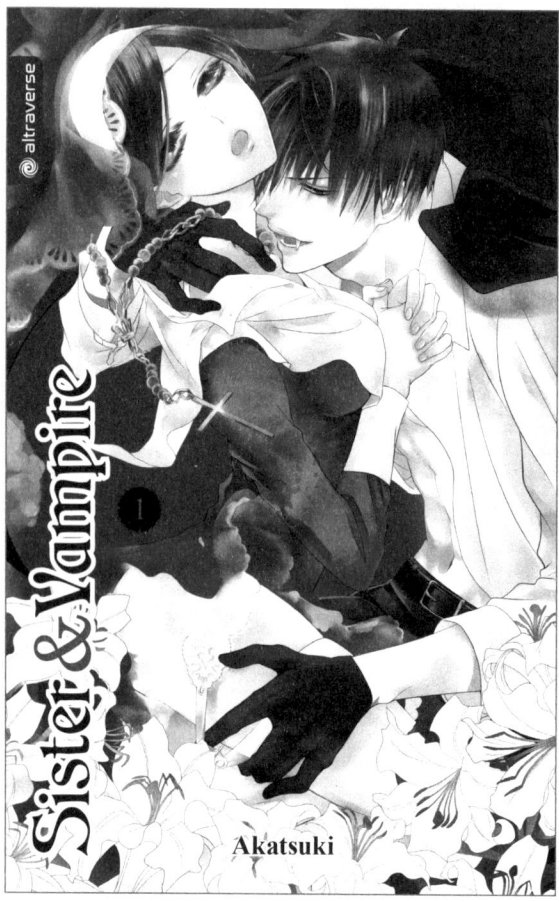

Sister & Vampire

Akatsuki

Ein Vampir treibt sein Unwesen und auch Ordensschwester Erna fällt ihm zum Opfer. Doch der verführerische Richter verschont sie und Erna meint, sein gutes Herz zu erkennen. Um ihn zu bekehren, folgt sie ihm und trotzt jeder Gefahr. Wird es ihr gelingen, ihn zu läutern, oder wird sie am Ende selbst auf die dunkle Seite gezogen werden?

Sister & Vampire – Hypnose

Akatsuki

Schwester Alicia wird vom Gift des gut aussehenden Vampirs Albert zur Unzüchtigkeit vor Gott getrieben. Nacht für Nacht schlägt er seine Fänge in ihre zarte Haut und droht sie mit seinen Avancen vom rechten Weg abzubringen. Ist es Grausamkeit, die Albert leitet, oder kann ein Vampir doch echte Liebe verspüren?

Lip Smoke

Mai Nishikata

Schriftsteller Kazuki Seta hat eine schwere Schreibblockade. Er soll eine Geschichte über einen unschuldigen Kuss schreiben. Doch er kann sich nicht erinnern, wie sich diese angefühlt haben. Kurzerhand heuert er die Schülerin Setsuna Iwato an, damit sie ihm die Unschuld der Jugend wieder nahebringt. Aber ist das wirklich nur irgendein Job?

Nur du darfst mich fesseln

Erin Kijima

Kaori ist schon lange heimlich in den Mann ihrer Schwester verliebt. Als die Ehe der beiden in die Brüche geht, wittert sie ihre Chance und möchte die neue Muse ihres Ex-Schwagers werden. Doch der kann nur das malen, was ihm gehört. Ist Kaori bereit, ihm alles zu geben, wonach er verlangt ...?

Game – Lust ohne Liebe

Mai Nishikata

Sayo ist eine echte Karrierefrau. Doch das schreckt die Männer ab. Keiner von ihnen scheint mit einer Frau umgehen zu können, die erfolgreicher ist als er. Frustriert lässt sie sich auf ein erotisches Spiel mit ihrem neuen Kollegen ein: Nur Sex, keine Gefühle lautet die Devise!

Game — Lust ohne Liebe in der Highschool
Mai Nishikata

Für Kinu ist Lernen alles, was zählt. Selbst mit einem Freund trifft sie sich höchstens in der Bibliothek, geschweige denn, dass sie Küsse und andere Zärtlichkeiten zulässt. Doch als sie den Sonnyboy Haruka heimlich mit einem Mädchen auf Tuchfühlung gehen sieht, ändert sich alles. Sie beschließt, ihm ein Angebot zu machen, das er nicht ablehnen kann.

30 – Ein Traum von Liebe

Akimi Hata

Shino ist dreißig, im Beruf sehr erfolgreich, aber immer noch Single. Ihre Familie und ihr Umfeld sind der Meinung, sie sollte nun langsam auch heiraten. Und eigentlich denkt Shino das irgendwie auch, da sie es gern geordnet mag. Da spricht sie eines Abends der fast zehn Jahre jüngere Mayuki an und bittet sie, seine Freundin zu werden. So ein junger Kerl ist natürlich nichts zum Heiraten, aber vielleicht hat er ja andere Vorzüge ...?

Meine manchmal etwas anstrengende Verlobte

Story: Monaka Toyama | Artwork: Midori Shiino

Shino wünscht sich nichts sehnlicher als eine Romanze wie in einem Manga. Doch ihre arrangierte Verlobung mit dem Vertriebsangestellten Hajime läuft nicht gut. Als dann noch die neue Mitarbeiterin Yui von Hajime eingearbeitet werden soll und ihm schöne Augen macht, dämmert es ihr: Sie ist nicht die romantische Heldin, sondern die unbeliebte Rivalin!

Keine Cheats für die Liebe

Fujita

Nerd sein ist nicht leicht! Sobald die Männer erfahren, dass Narumi ein Fangirl ist, nehmen sie Reißaus. Die Lösung: Ein Nerd muss her – meint zumindest ihr Kindheitsfreund Hirotaka, selbst eingefleischter Gamer, und stellt sich auch gleich zur Verfügung. Ist dies der Beginn einer mangareifen Romanze oder heißt es am Ende doch Game over?

After the Rain

Jun Mayuzuki

Nach einer Verletzung muss Akira ihren geliebten Sport aufgeben. Erfüllung findet sie in ihrem Job in einem Restaurant – vor allem, da sie bis über beide Ohren in ihren Chef verknallt ist. Doch der kann sein Glück nicht glauben: Warum sollte ein junges Mädchen an einem alten Verlierer interessiert sein?

Alice auf Zehenspitzen

Mutsumi Yoshida

Alice schmeißt nicht nur zu Hause den Haushalt, sie kümmert sich auch rührend um den Nachbarsjungen Yutaro. Der hegt allerdings ganz andere Gefühle für sie. Und als dann auch noch Yutaros Onkel Toma auftaucht, stürzen die beiden die arme Alice in ein gehöriges Gefühlschaos ...

Kein Dad wie jeder andere

Chojin

Familie wider Willen – Kaoru Kiryu wird von seinem Großvater gezwungen, die herzensgute Waise Nae zu adoptieren, die sich immer rührend um den alten Mann gekümmert hat. Kaoru ist davon herzlich wenig begeistert, doch Naes sonniges Gemüt macht es ihm nicht leicht, sie nicht in sein Herz zu schließen ...

Nie wieder Minirock!

Aoi Makino

Wegen eines traumatischen Erlebnisses in ihrer Vergangenheit trägt Nina an ihrer Schule als Einzige keinen Rock. Sie glaubt, so nicht mehr als Mädchen wahrgenommen zu werden. Als ein Klassenkamerad erkennt, wer sie einmal war, drohen alte Wunden aufzureißen.

Liebe & Herz

Chitose Kaido

Yo Yagisawa hat im ersten Semester eigentlich genug Probleme. Aber als ein wildfremder Schönling plötzlich bei ihr einzieht und behauptet, ihr Kindheitsfreund zu sein, fängt der Trubel richtig an! Auf einmal beginnen die unheimlichsten Dinge zu passieren. Wer ist dieser Typ und schwebt Yo in Gefahr?

altraverse

Deutsche Ausgabe / German Edition
Altraverse GmbH – Hamburg 2023
Aus dem Japanischen von Victoria Zach

KOI TO DANGAN Vol. 1 by Nozomi MINO
© 2019 Nozomi MINO
All rights reserved.
Original Japanese edition published by SHOGAKUKAN.
German translation rights arranged with SHOGAKUKAN
through The Kashima Agency.
Original Cover Design: Chie SATO + Bay Bridge Studio

Redaktion: Anne Faltin
Herstellung: Madlyn Weyhe
Lettering: Vibrant Publishing Studio

Druck: CPI books GmbH, Leck
Printed in Germany

Alle deutschen Rechte vorbehalten.
ISBN: 978-3-96358-791-7
2. Auflage 2023

www.altraverse.de